百年新诗百部典藏／马启代 主编

刘半农诗选

刘半农　著

马启代　马晓康　编

江苏凤凰美术出版社
全国百佳图书出版单位

图书在版编目（CIP）数据

刘半农诗选 / 刘半农著；马启代，马晓康编 . -- 南京
江苏凤凰美术出版社，2018.10
（百年新诗百部典藏 / 马启代主编）
ISBN 978-7-5580-5123-4

Ⅰ . ①刘… Ⅱ . ①刘… ②马… ③马… Ⅲ . ①诗集－
中国－现代 Ⅳ . ① I226

中国版本图书馆 CIP 数据核字 (2018) 第 198334 号

责任编辑　曹昌虹
装帧设计　小马工作室
责任监印　唐　虎

书　　名	刘半农诗选
著　　者	刘半农
编　　者	马启代　马晓康
出版发行	江苏凤凰美术出版社（南京市中央路 165 号　邮编：210009
	北京凤凰千高原文化传播有限公司
出版社网址	http://www.jsmscbs.com.cn
印　　刷	河北飞鸿印刷有限责任公司
开　　本	710mm×1000mm　1/16
印　　张	10
版　　次	2020 年 4 月第 1 版　2020 年 4 月第 1 次印刷
标准书号	ISBN 978-7-5580-5123-4
定　　价	28.00 元

营销部电话　010-64215835-801
江苏凤凰美术出版社图书凡印装错误可向承印厂调换　电话：010-64215835-801

总序

转眼新诗已百年

马启代

早在 20 世纪的最后几年，大家已在议论新诗百年的事情，近年来，"新诗百年"的话题和各类活动甚至与社会商业活动携手并肩、大有超越诗歌本身的勃兴之势。事实上，看似在热闹中诞生的新诗，其本性与喧嚣并无基因上的联系。艺术与人类历史一样，有着表面风风火火的一面，也有着沉潜低回的另一条趋线。作为伴随新文学诞生的一个新兴文体，它呱呱坠地的时代的确可以用狂飙突进来标示，故我虽一向把社会"思潮"与"诗潮"的相伴相随作为认识百年新诗的一个重要视角，但我并不认同仅仅把波涛浪峰上的那些弄潮者看作新诗百年的代表，也就是说那些以潮流和流派及其风云人物为特征的历史叙事所构成的只是一个粗线条的描述，正是"思潮"与"诗潮"的历史共振，加上民族危难和社会动荡所造成的探索中断和精神异化，新诗所欠下的旧账一再被后来者忽略或轻视，仿佛一个亢奋的战士，冲锋中丢弃了装备，几番沉浮，在这个百年的节点，正是反思得失、检视成败的契机。当然，作为在争论甚至反对声中活得多数时候都青春四射的新诗，对质疑和批评的回应与对自身缺憾和弊端的正视从来都是一体两面需要痛加剖析、修正的问题。

我想略通"近代史"的人都会理解，产生于春秋战国以来极少出现的思想自由争鸣时期的新文学，结出新诗这个果实，既是必然，也显得匆忙。我们至今对它的称谓还有争议，如白话诗、自由诗、新诗、朦胧诗、现代诗、汉语新诗、新汉诗等，各有历史定位和美学指向，但莫衷一是，互不认同。此外，关于新诗诞生的历史成因、艺术脉络也各执一词，互有个见。我曾在《新汉诗十三题》中说过，它的源头不是旧诗，它与古诗、律诗、词、曲的代终体换不同，新诗直接来源于外国诗，不是一般的启示与借用，但新诗最终应是民族文化求新求变的产物皆赖于外来文化的刺激复活以及几代学人承前启后的不懈挽救。借此界定新诗的生日——假如非要有一个最大认同公约数的时间，我想，既不是胡适在《尝试集》中几首诗后面标注的1916年，也不是《新青年》2卷6号刊发胡适《白话诗八首》的1917年，而应是《新青年》4卷1号刊登胡适、沈尹默、刘半农九首诗的1918年1月。显然，作为《白话文学史》作者的胡适，深知"白话诗"与"新诗"在观念、精神和美学追求上的不同。他在1917年1月发表在《新青年》上的《文学改良刍议》被认为脱胎于美国女诗人洛威尔的《意象派宣言》，而意象派运动其主要旨趣在于解放英语诗歌的形式和语言，尽管他的代表人物庞德据说受益于中国古典诗歌的翻译。

但毋庸置疑的是，新诗承续了发端于18世纪以来世界范围内的诗歌自由化趋向，其背后蕴藏的历史人文内涵和深刻的人类精神走向乃潮流和大势。百年来，世界和中国都发生了许多亘古未有的大变化，人类在苦难和荣光中创造的无数诗篇，成为记录人类心灵和精神变化的珍品。尽管至今尚有人对新诗做出实验失败的定论，近年旧体诗创作日隆，也大有复兴的气象，但无须争辩的事实是：首先，新诗是个伟大而粗糙的发明（沈奇语），它无愧于百年风雨沧桑的砥砺磨洗（张清华语），你即便说它不成功，但也不能无视它有成就（桑恒昌语），穿越百年的时光隧道，战争、天灾、人祸以及正常或不正常的生存考验，新诗已经成为现代人重要的灵魂洗礼和精神救赎的载体。熊辉教授在《纪念新诗百年》中认为百年新诗的发展，最大的成功是确立了自身的文体优势。分行排列的自由书写成为承载现代人情感和思想的有效形式，而吕进教授把新诗看作"内视点"文学的主张，为现代新诗内在形式的确立提供了理论依据。其次，新诗采用大量口语和白话进行书面转化，使古老的汉语焕发出新的生机，重新把优雅与深邃找回，其在唤醒和复活民族灵性上体现出无可替代的前景。最后，我认为新诗与社会思潮与生俱来的根性联系，使其始终勃发着一颗求新求变的魂魄，百年来，它对于中国人精神的塑造居功至伟。

当然，一个百年的文体也许还处于未完成时，尽管许多文学史、诗歌史已翻来覆去根据不同时期的政治需要和个人诉求做过这样那样的修订甚至重写，事实上，所谓百年我们也不妨做模糊的理解，百年新诗也许尚未走出自己的青春期，业已形成的传统还显单薄，无论是文本本身还是理论批评范畴都面临着很多需要解决的问题。新诗不是"作诗如作文，作诗如说话"（胡适语）那样简单，断然不能把一种精神倡导理解为实践指南，正如不能把"下半身写作"理解为"写下半身"，把"口语写作"理解为"口水写作"。尽管民歌民谣给了自由化写作最初的滋养和激发，成就了彭斯和华兹华斯等不朽的歌唱，但新诗随着现代思想的传播，不适合进化论的艺术需要坚守和弘扬的恰恰是最初的和最原始的人的精神和梦想，最本真、最本质的感动。新诗突破了古典诗歌"触景生情"和"睹物思人"的套路，注入了"以思触诗、以诗触思"的感悟和体验，形成了"缘情言志寓思"的现代模式，这些皆赖于中西文化交汇中英美的浪漫主义和法德的现代主义诸流派的深度浸润。但一个文体既有它自我革新和不断蜕变的免疫能力，也有自我阉割的自杀倾向。如今，经历多层磨砺和戕害的新诗呈现出精神伦理和艺术审美上的诸多问题，"生底颤动，灵底喊叫"（郭沫若语）极有被废话、脏话淹没的危险。我在《百年新诗的"三度"迷失》和《当下诗歌创作的"三化"警示》两文中做了解析和指认。据此而论,吕进教授提出新诗的"三个重建"和"二次革命"多年,在展望未来时的确应引起我们的深思。

　　时光如白驹过隙,对于天地历史而言,百年不过弹指间的一个刹那,但于人于事,一个世纪毕竟暗藏着天翻地覆。适逢新诗百岁,借此数语,聊寄祝福!

目 录

第一卷　原创诗选

第二卷　翻译诗选

第一卷

原创诗选

相隔一层纸

屋子里拢着炉火，
老爷分付开窗买水果，
说"天气不冷火太热，
别任它烤坏了我。"
屋子外躺着一个叫化子，
咬紧了牙齿对着北风喊"要死！"
可怜屋外与屋里，
相隔只有一层薄纸！

1917 年 10 月于北京

题小蕙周岁日造像

你饿了便啼，饱了便嬉，
倦了思眠，冷了索衣。
不饿不冷不思眠，我见你整日笑嘻嘻。
你也有心，只是无牵记；
你也有眼耳鼻舌，只未着色声香味；
你有你的小灵魂，不登天，也不堕地。
啊啊，我羡你，我羡你，
你是天地间的活神仙！
是自然界不加冕的皇帝！

1917 年 10 月于北京

其实……

风吹灭了我的灯，又没有月光，我只得睡了。
桌上的时钟，还在悉悉的响着。窗外是很冷的，
一只小狗哭也似的呜呜的叫着。
其实呢，他们也尽可以休息了。

1917 年 12 月于北京

学徒苦

学徒苦！
学徒进店，为学行贾；
主翁不授书算，但曰"孺子当习勤苦！"
朝命扫地开门，暮命卧地守户；
暇当执炊，兼锄园圃！
主妇有儿，曰"孺子为我抱抚。"
呱呱儿啼，主妇震怒，
拍案顿足，辱及学徒父母！
自晨至午，东买酒浆，西买青菜豆腐。
一日三餐，学徒侍食进脯。
客来奉茶；主翁倦时，命开烟铺！
复令前门应主顾，后门洗缶涤壶！
奔走终日，不敢言苦！
足底鞋穿，夜深含泪自补！
主妇复惜灯油，申申咒诅！
食则残羹不饱；夏则无衣，冬衣败絮！
腊月主人食糕，学徒操持臼杵！
夏日主人剖瓜盛凉，学徒灶下烧煮！
学徒虽无过，"塌头"下如雨。
学徒病，叱曰"孺子贪惰，敢诳语！"
清清河流，鉴别发缕。

学徒淘米河边，照见面色如土！
学徒自念，"生我者，亦父母！"

1918 年 2 月 18 日于北京

沸　热

沸热的乐声，转将我们的心情闹静了。
我们呆看着黑沉沉的古柏树下，
点着些黑黝黝的红纸灯。

多谢这一张人家不要坐的板凳；
多谢那高高的一轮冷月，
送给我们俩满身的树影。

1918 年

卖萝卜人

一个卖萝卜人——很穷苦的，住在一座破庙里。

一天，这破庙要标卖了，便来了个警察，说——

　　"你快搬走！这地方可不是你久住的。"

　　"是！是！"

他口中应着，心中却想——

　　"叫我搬到那里去！"

明天，警察又来，催他动身。

他瞪着眼看，低着头想，撒撒手，踏踏脚，却没说——

　　"我不搬。"

警察忽然发威，将他撵出门外。

又把他的灶也捣了，一只砂锅，碎作八九片！

他的破席，破被，和萝卜担，都撒在路上。

几个红萝卜，滚在沟里，变成了黑色！

路旁的孩子们，都停了游戏奔来。

他们也瞪着眼看，低着头想，撒撒手，踏踏脚，却不做声！

警察去了，一个七岁的孩子说，

　　"可怕……"

一个十岁的答道，

　　"我们要当心，别做卖萝卜的！"

七岁的孩子不懂：

　他瞪着眼看，低着头想，却没撒手，没踏脚！

E 弦

提琴上的 G 弦，一天向 E 弦说：
"小兄弟，你声音真好，真漂亮，真清，真高，
可是我劝你要有些分寸儿，不要多噪。
当心着，力量最单薄，最容易断的就是你！"

E 弦说：

"多谢老阿哥的忠告。
但是，既然做了弦，就应该响亮，应该清高，应该不怕断。
你说我容易断，世界上却也并没有永远不断的你！"

1918 年　北京

铁　匠

叮当！叮当！
清脆的打铁声，
激动夜间沉默的空气。
小门里时时闪出红光，
愈显得外间黑漆漆地。

我从门前经过，
看见门里的铁匠。
叮当！叮当！
他锤子一下一上，
砧上的铁，
闪作血也似的光，
照见他额上淋淋的汗，
和他裸着的，宽阔的胸膛。

我走得远了，
还隐隐的听见
叮当！叮当！
朋友，
你该留心着这声音，
他永远的在沉沉的自然界中激荡。
你若回头过去，

还可以看见几点火花，
飞射在漆黑的地上。

1919 年 9 月于北京

桂

半夜里起了暴风雷雨，
我从梦中惊醒，
便想到我那小院子里，
有一株正在开花的桂树。
它正开着金黄色的花，
我为它牵记得好苦。
但是辗转思量，
终于是没法儿处置。
明天起来，
雨还没住。
桂树随风摇头，
洒下一滴滴的冷雨。
院子里积了半尺高的水，
混和着墨黑的泥。
金黄的桂花，
便浮在这黑水上，
慢慢的向阴沟中流去。

1919 年 9 月 3 日于北京

落　叶

秋风把树叶吹落在地上，
它只能悉悉索索，
发几阵悲凉的声响。
它不久就要化作泥；
但它留得一刻，
还要发一刻的声响，
虽然这已是无可奈何的声响了，
虽然这已是它最后的声响了。

1919 年秋

羊肉店 （拟儿歌）

羊肉店！羊肉香！
羊肉店里结着一只大绵羊，
吗吗！吗吗！吗吗！吗！……
苦苦恼恼叫两声！
低下头去看看地浪格血，
抬起头来望望铁勾浪！
羊肉店，羊肉香，
阿大阿二来买羊肚肠，
三个铜钱买仔半斤零八两，
回家去，你也夺，我也抢——
气坏仔阿大娘，打断仔阿大老子鸦片枪！
隔壁大娘来劝劝，贴上一根拐老杖！

1919 年

拟装木脚者语

欧战初完时，欧洲街市上的装木脚的，可就太多了。一天晚上，小客栈里的同居的，齐集在客堂中跳舞；不跳舞的只是我们几个不会的，和一位装木脚的先生。

灯光闪红了他们的欢笑的脸，
琴声催动了他们的跳舞的脚。
他们欢笑的忙，跳舞的忙，
把世界上最快乐的空气，
灌满了这小客店里的小客堂。

我呢？……
我还是多抽一两斗烟，
把我从前的欢乐思想；
我还是把我的木脚
在地板上点几下板，
便算是帮同了他们快乐，
便算是我自己也快乐了一场。

1920 年 3 月 27 日于伦敦

三十初度

三十岁，来的快！
三岁唱的歌，至今我还爱：
"亮摩拜①，
拜到来年好世界。
世界多！莫奈何！
三钱银子买只大雄鹅，
飞来飞去过江河。
江河过边姊妹多，
勿做生活就唱歌。"
我今什么都不说，
勿做生活就唱歌。

1920 年 6 月 6 日于伦敦

注：①亮摩，尤言月之神；亮摩拜，谓拜月神，小儿语。

牧羊儿的悲哀

他在山顶上牧羊；
他抚摩着羊颈的柔毛，
说"鲜嫩的草，
你好好的吃吧！"

他看见山下一条小河，
急水拥着落花，
不住的流去。
他含着眼泪说：
"小宝贝，你上哪里去？"
老鹰在他头顶上说：
"好孩子！我要把戏给你看：
我来在天顶上打个大圈子！"

他远望山下的平原；
他看见礼拜堂的塔尖，
和礼拜堂前的许多墓碣；
他看见白雾里，
隐着许多人家。
天是大亮的了，
人呢——早咧，早咧！

哇！他回头过去，放声号哭：
"羊呢？我的羊呢？"
他眼光透出眼泪，
看见白雾中的人家；
看见静的塔尖，
冷的墓碣。
人呢——早咧！
天是大亮的了！
他还看见许多野草，
开着金黄色的花。

1920 年 6 月 7 日于伦敦

稿　子

"你这样说也很好！
再会吧！再会吧！
我这稿子竟老老实实的不卖了！
我还是收回我几张的破纸！
再会吧！
你便笑眯眯地抽你的雪茄；
我也要笑眯眯地安享我自由的饿死！
再会吧！
你还是尽力的'辅助文明'，'嘉惠士林'罢！
好！
什么都好！
我却要告罪，
我不能把我的脑血，
做你汽车里的燃料！"

岑寂的黄昏，
岑寂的长街上，
下着好大的雨啊！
冷水从我帽檐上，
往下直浇！
泥浆钻入了破皮鞋，
吱吱吱吱的叫！

衣服也都湿透了，
冷酷的电光，
还不住的闪着；
轰轰的雷声，
还不住的闹着。
好！
听你们吧，
我全不问了！
我很欢喜，
我胸膈中吐出来的东西，
还逼近着我胸膛，
好好的藏着。

近了！
近了我亲爱的家庭了，
我的妻是病着，
我出门时向她说，
明天一定可以请医生的了！
我的孩子，
一定在窗口望着。
是
我已看清了他的小脸，
白白的映在玻璃后；
他的小鼻，
紧紧的压在玻璃上！
可怜啊！
他想吃一个煮鸡蛋，
我答应了他，
已经一礼拜了！

一盏雨点打花的路灯，
淡淡的照着我的门。
门里面是暗着，
最后一寸的蜡烛，
昨天晚上点完了！

1920 年 6 月 23 日于伦敦

夜

坐在公共汽车顶上，从伦敦西城归南郊。

白濛濛的月光，
懒洋洋的照着。
海特公园里的树，
有的是头儿垂着，
有的是头儿齐着，
可都已沉沉的睡着。
空气是静到怎似的，
可有很冷峻的风，
逆着我呼呼的吹着。

海般的市声，
一些儿一些儿的沉寂了；
星般的灯火，
一盏儿一盏儿的熄灭了；
这大的伦敦，
只剩着些黑矗矗的房屋了。
我把头颈紧紧的缩在衣领里，
独自占了个车顶，
任他去颤着摇着。
贼般狡狯的冷露啊！

你偷偷的将我的衣裳湿透了！
但这伟大的夜的美，
也被我偷偷的享受了！

1920 年 7 月于伦敦

敲 冰

零下八度的天气，
结着七十里路的坚冰，
阻碍着我愉快的归路。
水路不得通，
旱路也难走。
冰！
我真是奈何你不得！
我真是无可奈何！

无可奈何，
便与撑船的商量，
预备着气力，
预备着木槌，
来把这坚冰打破！
冰！
难道我与你，
有什么解不了的冤仇？
只是我要赶我的路，
便不得不打破了你，
待我打破了你，
便有我一条愉快的归路。

撑船的说"可以"！
我们便提起精神，
合力去做——
是合着我们五 个人的力，
三人一班的轮流着，
对着那艰苦的，不易走的路上走！

有几处的冰，
多谢先走的人，
早已代替我们打破；
只剩着浮在水面上的冰块儿，
轧轧的在我们船底下过。
其余的大部分，
便须让我们做"先走的"：
我们打了十槌八槌，
只走上一尺八寸的路。
但是，
打了十槌八槌，
终走上了一尺八寸的路！
我们何妨把我们痛苦的喘息声，
欢欢喜喜的，
改唱我们的"敲冰胜利歌"。

敲冰！敲冰！
敲一尺，进一尺！
敲一程，进一程！
懒怠者说：
"朋友，歇歇罢！
何苦来？"

请了！
你歇你的，
我们走我们的路！
怯弱者说：
"朋友，歇歇罢！
不要敲病了人，
刮破了船。"
多谢！
这是我们想到，却不愿顾到的！
缓进者说：
"朋友，
一样地走，何不等一等？
明天就有太阳了。"
假使一世没有太阳呢？
"那么，傻孩子！
听你们去罢！"
这就很感谢你。

敲冰！敲冰！
敲一尺，进一尺！
敲一程，进一程！
这个兄弟倦了么——
便有那个休息着的兄弟来换他。
肚子饿了么——
有黄米饭，
有青菜汤。
口渴了么——
冰底下有无量的清水；
便是冰块，

也可以烹作我们的好茶。
木槌的柄敲断了么？
那不打紧，
船中拿出斧头来，
岸上的树枝多着。
敲冰！敲冰
我们一切都完备，
一切不恐慌，
感谢我们的恩人自然界。

敲冰！敲冰！
敲一尺，进一尺！
敲一程，进一程！
从正午敲起，
直敲到漆黑的深夜。
漆黑的深夜，
还是点着灯笼敲冰。
刺刺的北风，
吹动两岸的大树，
化作一片怒涛似的声响。
那便是威权么？
手掌麻木了，
皮也破了；
臂中的筋肉，
伸缩渐渐不自由了；
脚也站得酸痛了；
头上的汗，
涔涔的向冰冷的冰上滴，
背上的汗，

被冷风从袖管中钻进去，
吹得快要结成冰冷的冰；
那便是痛苦么？
天上的黑云，
偶然有些破缝，
露出一颗两颗的星，
闪闪缩缩，
像对着我们霎眼，
那便是希望么？
冬冬不绝的木槌声，
便是精神进行的鼓号么？
豁刺豁刺的冰块船声，
便是反抗者的冲锋队么？
是失败者最后的奋斗么？
旷野中的回声，
便是响应么？
这都无须管得；
而且正便是我们，
不许我们管得。

敲冰！敲冰！
敲一尺，进一尺！
敲一程，进一程！
冬冬的木槌，
在黑夜中不绝的敲着，
直敲到野犬的呼声渐渐稀了；
直敲到深树中的猫头鹰，
不唱他的"死的圣曲"了；
直敲到雄鸡醒了；

百鸟鸣了；
直敲到草原中，
已有了牧羊儿歌声；
直敲到屡经霜雪的枯草，
已能在熹微的晨光中，
表暴他困苦的颜色！
好了！
黑暗已死，
光明复活了！
我们怎样？
歇手罢？
哦！
前面还有二十五里路！
光明啊！
自然的光明，
普遍的光明啊！
我们应当感谢你，
照着我们清清楚楚的做。
但是，
我们还有我们的目的；
我们不应当见了你便住手，
应当借着你的力，
分外奋勉，
清清楚楚地做。

敲冰！敲冰！
敲一尺，进一尺！
敲一程，进一程！
黑夜继续着白昼，

黎明又继续着黑夜，

又是白昼了，

正午了，

正午又过去了！

时间啊！

你是我们唯一的，真实的资产。

我们倚靠着你，

切切实实，

清清楚楚地做，

便不是你的戕贼者。

你把多少分量分给了我们，

你的消损率是怎样，

我们为着宝贵你，

尊重你，

更不忍分出你的肢体的一部分来想他，

只是切切实实，

清清楚楚地做。

正午又过去了，

暮色又渐渐的来了，

然而是——

"好了！"

我们五个人，

一齐从胸臆中，

迸裂出来一声"好了！"

那冻云中半隐半现的太阳。

已被西方的山顶，

掩住了一半。

淡灰色的云影，

淡赭色的残阳，
混合起来，
恰恰是——
唉！
人都知道的——
是我们慈母的笑，
是她痛爱我们的苦笑！
她说：
"孩子！
你乏了！
可是你的目的已达了！
你且歇息歇息罢！"
于是我们举起我们的痛手，
挥去额上最后的一把冷汗；
且不知不觉的，
各各从胸臆中，
迸裂出来一声究竟的：
（是痛苦换来的）
"好了！"

"好了！"
我和四个撑船的，
同在灯光微薄的一张小桌上，
喝一杯黄酒，
是杯带着胡桃滋味的家乡酒。
人呢——倦了。
船呢——伤了。
木槌呢——断了又修，修了又断了。
但是七十里路的坚冰？

这且不说，
便是一杯带着胡桃滋味的家乡酒，
用沾着泥与汗与血的手，
擎到嘴边去喝，
请问人间：
是否人人都有喝到的福？
然而曾有几人喝到了？

"好了！"
无数的后来者，
你听见我们这样的呼唤么？
你若也走这一条路，
你若也走七十一里，
那一里的工作，
便是你们的。
你若说：
"等等罢！
也许还有人来替我们敲。"
或说：
"等等罢！
太阳的光力，
即刻就强了。"
那么，
你真是糊涂孩子！
你竟忘记了你！
你心中感谢我们价七十里么？
这却不必，
因为这是我们的事。
但是那一里，

却是你们的事。
你应当奉你的木槌为十字架，
你应当在你的血汗中受洗礼，
……
你应当喝一杯胡桃滋味的家乡酒，
你应当从你胸臆中，
迸裂出来一声究竟的"好了！"

1920年，载《新青年》第 7 卷第 5 号。

教我如何不想她（歌）

天上飘着些微云，
地上吹着些微风。
啊！
微风吹动了我头发，
教我如何不想她？

月光恋爱着海洋，
海洋恋爱着月光。
啊！
这般蜜也似的银夜，
教我如何不想她？

水面落花慢慢流，
水底鱼儿慢慢游。
啊！
燕子你说些什么话？
教我如何不想她？

枯树在冷风里摇，
野火在暮色中烧。
啊！

西天还有些儿残霞，

教我如何不想她？

1920 年 9 月 4 日于伦敦

一九二一年元旦
——在大穷大病中

彻夜的醒着；
彻夜的痛着；
从凄冷的雨声中，
看着个灰白色的黎明
渐渐的露面了，
知道这已是换了一年了。

　　　　1921 年 1 月 1 日于伦敦

奶　娘

我呜呜的唱着歌，
轻轻的拍着孩子睡。
孩子不要睡，
我可要睡了！
孩子还是哭，
我可不能哭。

我呜呜的唱着，
轻轻的拍着；
也不知道是什么时候了，
孩子才勉强的睡着，
我也才勉强的睡着。

我睡着了，
还在呜呜的唱，
还在轻轻的拍；
我梦里看见拍着我自己的孩子，
他热温温的在我胸口儿睡着……
"啊啦！"孩子又醒了，
我，我的梦，也就醒了。

1921 年 1 月 19 日于伦敦

一个小农家的暮

她在灶下煮饭，
新砍的山柴，
必必剥剥的响。
灶门里嫣红的火光，
闪着她嫣红的脸，
闪红了她青布的衣裳。

他衔着个十年的烟斗，
慢慢的从田里回来；
屋角里挂去了锄头，
硬坐在稻床上，
调弄着只亲人的狗。

他还蹲到栏里去，
看一看他的牛，
回头向她说：
"怎样了——
我们新酿的酒？"

门对面青山的顶上，
松树的尖头，
已露出了半轮的月亮。

孩子们在场上看着月，
还数着天上的星：
"一，二，三，四……"
"五，八，六，两……"

他们数，他们唱：
"地上人多心不平，
天上星多月不亮。"

1921 年 2 月 7 日于伦敦

稻 棚

记得八九岁时，曾在稻棚中住过一夜。这情景是不能再得的了，所以把它追记下来。

凉爽的席，
松软的草，
铺成张小小的床；
棚角里碎碎屑屑的，
透进些银白的月亮光。

一片唧唧的秋虫声，
一片甜蜜蜜的新稻香——
这美妙的浪，
把我的幼稚的梦托着翻着……
直翻到天上的天上！……

回来停在草叶上，
看那晶晶的露珠，
何等的轻！
何等的亮……

1921 年 2 月 8 日于伦敦

回　声

一

他看着白羊在嫩绿的草上，
慢慢的吃着走着。
他在一座黑压压的
树林的边头，
懒懒的坐着。
微风吹动了树上的宿雨，
冷冰冰的向他头上滴着。

他和着羊颈上的铃声，
低低的唱着。
他拿着枝短笛，
应着潺潺的流水声，
呜呜地吹着。

他唱着，吹着，
悠悠地想着；
他微微的叹息；
他火热的泪，
默默地流着。

二

该有吻般甜的蜜？
该有蜜般甜的吻？
有的？……
在哪里？……

"那里的海"，
无量数的波棱，
纵着，横着，
铺着，叠着，
翻着，滚着，……
我在这一个波棱中，
她又在哪里？……

也似乎看见她，
玫瑰般的唇，
白玉般的体，……
只是眼光太钝了，
没看出面目来，
她便周身浴着耻辱的泪，
默默的埋入那
黑压压的树林里！

黑压压的树林，
我真看不透你，
我真已看透了你！
我不要你在大风中
向我说什么；

我也很柔弱，
不能钩鳄鱼的腮，
不能穿鳄鱼的鼻，
不能叫它哀求我，
不能叫它谄媚我；
我只是问，
她在哪里？
"哪里？"回声这么说。
"唉！小溪里的水，
你盈盈的媚眼给谁看？
无聊的草，你怎年年的
替坟墓做衣裳？

去吧——住着！
住着——去吧！

这边是座旧坟，
下面是死人化成的白骨；
那边是座新坟，
下面是将化白骨的死人。

你——你又怎么？
"你又怎么？"——回声这么说。

三

他火热的泪，
默默的流着；
他微微的叹息；

他悠悠的想着；
他还吹着，唱着：
他还拿着枝短笛，
应着潺潺的流水声，
呜呜的吹着；
他还和着羊颈上的铃声，
低低的唱着。

微风吹动了树上的宿雨，
冷冰冰的向他头上滴着；
他还在这一座黑压压的
树林的边头，
懒懒的坐着。
他还充满着愿望，
看着白羊在嫩绿的草上，
慢慢的吃着走着。

1921 年 2 月 10 日于伦敦

歌

没有不爱美丽的花，
没有不爱唱歌的鸟，
没有一个孩子不爱哭，
没有一个孩子不爱笑。

没有没眼泪的哭，
没有不快活的笑：
你的哭同于我的哭，
你的笑同于我的笑。

哭我们的孩子哭，
笑我们的孩子笑！
生命的行程在哪里——
听我们的哭！
听我们的笑！

　　　　　1921 年 3 月 23 日于伦敦

母的心

他要我整天的抱着他；
他调着笑着跳着，
还要我不住的跑着。
唉，怎么好？
我可当真的疲劳了！

想到那天他病着：
火热的身体，
水澄澄的眼睛，
怎样的调他弄他，
他只是昏迷迷的躺着，

哦！来不得，那真要
战栗冷了我的心；
便加上十倍的疲劳，
你可不能再病了。

1921 年 7 月 3 日于巴黎

我们俩

好凄冷的风雨啊！
我们俩紧紧的肩并着肩，手携着手，
向着前面的"不可知"，不住的冲走。
可怜我们全身都已湿透了，
而且冰也似的冷了，
不冷的只是相并的肩，相携的手了。

1921 年 8 月 12 日于巴黎

巴黎的秋夜

井般的天井：
看老了那阴森森的四座墙，
不容易见到一丝的天日。

什么都静了，
什么都昏了，
只飒飒的微风，
打玩着地上的一张落叶。

　　　　1921 年 8 月 20 日于巴黎

卖乐谱

巴黎道上卖乐谱，一老龙钟八十许。
额襞丝丝刻苦辛，白须点滴湿泪雨。
喉枯气呃欲有言，哑哑格格不成语。
高持乐谱向行人，行人纷忙自来去。
我思巴黎十万知音人，谁将此老声音传入谱？

1921 年 9 月 5 日于巴黎

无　题①

我的心窝和你的，
天与海般密切着；
我的心弦和你的，
风与水般协和着。
啊！……
血般的花，花般的火，
听它吧！
把我的灵魂和你的，
给它烧做了飞灰飞化吧！

1921 年 9 月 10 日于巴黎

注：此诗为作者梦中作成。

许多的琴弦

许多的琴弦拉断了，
许多的歌喉唱破了，
我听着了些美的音了么？
唉！我的灵魂太苦了！

1921 年 9 月 16 日于巴黎

酷虐的冻与饿

酷虐的冻与饿，
如今挨到了我了；
但这原是人世间有的事，
许多的人们冻死饿死了。

1921 年 9 月 17 日于巴黎

眼泪啊

眼泪啊！
你也本是有限的；
但因我已没有以外的东西了，
你便许我消费一些吧！

1921 年 9 月 19 日于巴黎

秋 风

秋风一何凉！
秋风吹我衣，秋风吹我裳。
秋风吹游子，秋风吹故乡。

1921 年 9 月 20 日于巴黎

织 布

织布织布，
朝织五丈，暮织五丈，
尚余五丈！

老木匠

我家住在楼上，
楼下住着一个老木匠。
他的胡子花白了，
他整天的弯着腰，
他整天的叮叮当当敲。

他整天的咬着个烟斗，
他整天的戴着顶旧草帽。
他说他忙啊！
他敲成了许多桌子和椅子。
他已送给了我一张小桌子，
明天还要送我一张小椅子。

我的小柜儿坏了，
他给我修好了；
我的泥人又坏了，
他说他不能修，
他对我笑笑。

他叮叮当当的敲着，
我坐在地上，
也拾些木片儿的的搭搭的敲着。

我们都不做声，
有时候大家笑笑。

他说"孩子——你好！"
我说"木匠——你好！"
我们都笑了，
门口一个邻人，
（他是木匠的朋友，
他有一只狗的，）
也哈哈的笑了。

他的咖啡煮好了，
他给了我一小杯，
我说"多谢"，
他又给我一小片的面包。

他敲着烟斗向我说
"孩子——你好。
我喜欢的是孩子。"
我说"要是孩子好，
怎么你家没有呢？"
他说"唉！
从前是有的，
现在可是没有了。"
他说了他就哭，
他抱了我亲了一个嘴；
我也不知怎么的，
我也就哭了。

1921 年 10 月 1 日于巴黎

战败了归来

在街市中看见一幅刻铜画，题目叫"战败者"，画中有一个衣衫蓝缕的兵，坐在破屋旁一块石上，两手捧头，作悲思状。我极爱这画，可又因价钱太大，不能购买，只得天天走过时，向它请安而已。过了许久，这画想已卖去，我连请安的机会也没有了，心中可还是梗梗不忘；结果便成了一首小诗，聊以自慰。

战败了归来，
满身的血和泥，
满胸腔的悲哀与羞辱。
家乡的景物都已完全改变了，
一班亲爱的人们都已不见了。
据说是爱我的妻，
也已做了人家的爱人了！

冷风吹着我的面，
枯手抚摩着我的癣，
捧着头儿想着又想着，
这是做了什么个大梦呢？
一班亲爱的人们都已不见了，
据说是爱我的妻，
也已做了人家的爱人了！

1921 年 9 月 16 日于巴黎

两个失败的化学家

我相识中，有两个失败的化学者，一姓某，一姓某。他们一生的经过，大致是相同的。一天晚上，我忽然想到，就做成了这首诗。

他们为了买仪器，
卖完了几亩的薄田。
他们为了买药品，
拖上了一身的重债。
这样已是二十多年了，
他们眼看得自己的胡子，
渐渐地花白了。

他们没听见妻儿的诅咒，
他们没听见亲友的讥嘲，
他们还整天的瓶儿管儿忙，
可是伤心啊！
他们的胡子渐渐的花白了。

他们的胡子渐渐的花白了
他们的眼睛也渐渐的模糊了。
他们理想中的成功呢？
许只是老泪汍澜中的一句空话了。

他们都已失败了。
愚人啊！
谁愿意滴出一点的泪，
表你这愚人的悲哀？
但我是个愚人的赞颂者，
我愿你化做了青年再来啊！

　　　　1921 年 9 月 23 日于巴黎

诗 神

诗神！
你许我做个诗人么？
你用什么写你的诗？
用我的血，
用我的泪。
写在什么上面呢？
写在嫣红的花上面，
早已是春残花落了。
写在银光的月上面，
早已是乌啼月落了。
写在水上面，
水自悠悠的流去了。
写在云上面，
云自悠悠的浮去了。
那么用我的泪，写在我的泪珠上；
用我的血，写在我的血球上。
哦！小子，
诗人之门给你敲开了，
诗人之冢许你长眠了

1922 年 8 月

三十三岁了

三十三岁了，
二十年前的小朋友没有几个了，
十年前的朋友也大都分散了，
现在的朋友虽然有几个，
可是能于相知的太少了！

三十三岁了，
二十年前不能读什么书，
十年前不能读好书，
现在能于读得了，
可常被不眠症缠绕着，
读得实在太少了！

三十三岁了，
二十年前的稚趣没有了，
十年前的热情渐渐的消冷了，
现在虽还有前进的精神，
可没有从前的天真烂漫了！

三十三岁了，
回想到二十年前对于现在的梦想，
回想到十年前对于现在的梦想，

若然现在不是做梦么？
那就只有平凡的前进，
不必再有什么梦想了！

1923 年 4 月于巴黎

梦

正做着个很好的梦，
不知怎的忽然就醒了！
回头努力的去寻吧！
可是愈寻愈清醒：梦境愈离愈远了！

眼里的梦境渐渐远，
心里的梦影渐渐深：
将近十年了，
我还始终忘不了！

要忘是忘不了，
要寻是没法儿寻。
不要再说自由了，
这点儿自由我有么？

1923 年 6 月 29 日于巴黎

尽管是……

她住在我对窗的小楼中，
我们间远隔着疏疏的一园树。
我虽然天天的看见她，
却还是至今不相识。
正好比东海的云，
关不着西山的雨。
只天天夜晚，
她窗子里漏出些琴声，
透过了冷冷清清的月，
或透过了屑屑濛濛的雨，
叫我听着了无端的欢愉，
无端的凄苦；
可是此外没有什么了，
我与她至今不相识，
正好比东海的云，
关不着西山的雨。
这不幸的一天可就不同了，
我没听见琴声，
却隔着朦胧的窗纱，
看她傍着盏小红灯，
低头不住的写，
接着是捧头不住的哭，

哭完了接着又写，
写完了接着又哭，……
最后是长叹一声，
将写好的全都扯碎了！……
最后是一口气吹灭了灯，
黑沉沉的没有下文了！……
黑沉沉的没有下文了，
我也不忍再看下文了！
我自己也不知怎么着，
竟为了她的伤心，
陪着她伤心起来了。
我竟陪着她伤心起来了，
尽管是我们俩至今不相识；
我竟陪着她伤心起来了，
尽管是我们间
还远隔着疏疏的一园树；
我竟陪着她伤心起来了，
尽管是东海的云，
关不着西山的雨！

1923 年 7 月 9 日于巴黎

母　亲

黄昏时孩子们倦着睡着了，
后院月光下，静静的水声，
是母亲替他们在洗衣裳。

三唉歌（思祖国也）

得不到她的消息是怔忡，
得到了她的消息是烦苦，唉！
沉沉的一片黑，是漆么？
模糊的一片白，是雾么？唉！
这大的一个无底的火焰窟，
浇下一些儿眼泪有得什么用处啊，唉！

　　　　　　1924 年 5 月于巴黎

面包与盐

记得五年前在北京时，有位王先生向我说：北京穷人吃饭，只两子儿面，一子盐，半子儿大葱就满够了。这是句很轻薄的话，我听过了也就忘去了。

昨天在拉丁区的一条小街上，看见一个很小的饭馆，名字叫作"面包与盐"（Le pain etlesel），我不觉大为感动，以为世界上没有更好的饭馆名称了。

晚上睡不着，渐渐的从这饭馆名称上联想到了从前王先生说的话，便用京语诌成了一首诗。

老哥今天吃的什么饭？
吓！还不是老样子——
两子儿的面，
一个子的盐，
搁上半喇子儿的大葱。
这就很好啦！
咱们是彼此彼此，
咱们是老哥儿们，
咱们是好弟兄。
咱们要的是这么一点儿，
咱们少不了的可也是这么一点儿。
咱们做，咱们吃。
咱们做的是活。

谁不做，谁甭活。
咱们吃的咱们做，
咱们做的咱们吃。
对！
一个人养一个人，
谁也养的活。
反正咱们少不了的只是那么一点儿；
咱们不要抢吃人家的，
可是人家也不该抢吃咱们的。
对！
谁要抢，谁该揍！
揍死一个不算事，
揍死两个当狗死！
对！对！对！
揍死一个不算事，
揍死两个当狗死！
咱们就是这么做，
咱们就是这么活。
做！做！做！
活！活！活！
咱们要的只是那么一点儿，
咱们少不了的只是那么一点儿——
两子儿的面，
一个子的盐，
可别忘了半喇子儿的大葱！

　　　　　　1924 年 5 月 8 日于巴黎

小猪落地（拟儿歌）

吾乡沙洲等地，尚多残杀婴儿之风，歌中所记，颇非虚构。

"小猪落地三升糠"
小人落地无抵扛！
东家小团送进育婴堂，
西家小团黑心老子黑心娘，
落地就是一钉靴，
嗡呃！一条小命见阎王！
蒲包一包甩了荡河里，
水泡泡，血泡泡，
翻得泊落落，
鲤鱼鲫鱼吃他肉！
明朝财主人家买鱼吃，
鱼里吃着小团肉！

铁匠镗镗（拟儿歌）

铁匠镗镗！
朝打锄头，夜打刀枪。
锄头打出种田地，
刀枪打出杀魍魉。
魍魉杀勿着，
倒把好人杀精光。
好人杀光无饭吃，
剩得魍魉吃魍魉！
气格隆冬祥！

注：魍魉，方言，指强盗无耻者。

小诗五首

—— 小病中作

一

若说吻味是苦的，
过后思量总有些甜味吧。

二

看着院子里的牵牛花渐渐的凋残，
就想到它盛开时的悲哀了。

三

口里嚷着"爱情"的是少年人，
能懂得爱情的该是中年吧。

四

最懊恼的是两次万里的海程，
当初昏昏的过去了，
现在化做了生平最美的梦。

五

又吹到了北京的大风，
又要看双十节的彩灯向我苦笑了。

1925 年 10 月 9 日于北京

小诗三首

一

暗红光中的蜜吻，
这早已是从前的事了。
人家没端的把它重提，
又提起了我的年少情怀了。

二

我便是随便到万分吧，
这槐树上掉下的垂丝小虫，
总教我再没有勇气容忍了！

三

夜静时远风飘来些汽笛声，
偏教误了归期的旅客听见了。

1925 年 10 月于北京

呜呼三月一十八
——敬献于死于是日者之灵

呜呼三月一十八，
于北京杀人如乱麻！
民贼大试毒辣手，
半天黄尘翻血花！
晚来城郭啼寒鸦，
悲风带雪吹罎罎！
地流赤血成血洼！
死者血中躺，
伤者血中爬！
呜呼三月一十八，
于北京杀人如乱麻！

呜呼三月一十八，
于北京杀人如乱麻！
养官本是为卫国！
谁知化作豺与蛇！
高标廉价卖中华！
甘拜异种作爹妈！
愿枭其首藉其家！
死者今已矣，
生者肯放他？！

呜呼三月一十八!
于北京杀人如乱麻!

此诗用范奴冬女士笔名发表,原载 1926 年 3 月 22 日《语丝》。

他们的天平

他憔悴了一点，
他应当有一礼拜的休息。
他们费了三个月的力，
就换着了这么一点。

中　秋

中秋的月光，
被一层薄雾，
白蒙蒙的遮着。
暗而且冷的皇城根下，
一辆重车，
一头疲乏的骡，
慢慢的拉着。

郎想姐来姐想郎（山歌，用江阴方言）

郎想姐来姐想郎，
同勒浪一片场浪乘风凉。
姐肚里勿晓的郎来郎肚里也勿晓的姐，
同看仔一个油火虫虫飘飘漾漾过池塘。

一只雄鹅飞上天（山歌，用江阴方言）

一只雄鹅飞上天，
我肚里四句头山歌无万千①。
你里②若要我来把山歌唱，
先借个煤头火来吃筒烟。

一只雄鹅飞过江，
江南江北远茫茫。
我山歌江南唱仔③还要唱到江北区，
家来买把笤帚送给东村王大郎。

注：①无万千，无数的。
②里，们。
③仔，了。

善政桥直对鼓楼门①（山歌，用江阴方言）

善政桥直对鼓楼门，
鼓楼门下男男女女闹沉沉。
你阿看见赵大跌勒②井里仔钱二去下石？
你阿看见孙三暗头里跌仔闷冲李四去点灯？

注：①县志载："善政桥直对鼓楼门，有理无钱说不清。"鼓
楼门为清朝县署之头门，门前不半里有善政桥。
②勒，了。
③暗头里，暗中。

人家说摇船朋友苦连天（山歌，用江阴方言）

人家说人家说摇船朋友苦连天，
我咿哟咿哟摇船也摇过十来年。
我看未看格青山绿水繁华地，
我吃未吃格青菜白米勒鱼虾垃圾也新鲜。

人家说打铁朋友苦连天，
我叮叮当当打铁也打过十来年。
我打出镰刀弯弯好比天边月，
我勿打锄头钉耙你里①那哼②好③种田？

人家说磨豆腐的朋友苦连天，
我豆腐末④也勤勤恳恳磨过十来年。
我做出白笃笃⑤格豆腐来好比姐倪格手
我做出油胚百叶⑥来好拱佛勒好升天。

人家说我世上三椿苦吃全，
我自家倒也勿晓得）是甜如蜜勒还是苦黄连。
我今年倒也活到仔八十八，
我也听见过多多少少快活人家家家哭少年。

注：①你里，你们。
②那哼，如何。

③好，可。
④末，语助词。
⑤白笃笃，白而细腻。
⑥百叶，千张。

姐园里一朵蔷薇开出墙（山歌，用江阴方言）

姐园里一朵蔷薇开出墙，
我看见仔①蔷薇也和看见姐一样。
我说姐儿你勿送我蔷薇也送个刺把我。
戳破仔我手末你十指尖尖替我绑一绑。

注：①仔，了。

车车夜水也风凉（山歌，用江阴方言）

（合）——车车夜水也风凉，
我里想仔短来还好想想长；
我里想想前头格日子过得好勿好？
我里想想后来格日子还有多少长？

（甲）——车车夜水也风凉，
我想到仔我屋里格老亲娘——
她无多无少都往女儿家里塞，
她无想想我里老公婆霍浪还要吃饭穿衣裳。

（乙）——车车夜水也风凉，
我想到仔我屋里格阿大娘——
她有六个男女正真勿好带，
我里穷人拖仔男女真孽障！

（丙）——车车夜水也风凉，
我想到仔我前头村浪格大小娘^①——
我月白竹布布衫末也要送你一件，
且等八月初三城隍庙里跑节场^②。

（丁）——车车夜水也风凉，
我也勿想抢寡妇来也勿想大小娘：

我孤身汉有仔三十千铜钱浑身缠，
要我成家末除非皇后娘娘招我做个黄泥膀^③！

（戊）——你里老看松^④来大表将^⑤，
你里拿我吊田鸡来弄别相^⑥！
我明朝情愿登勒家里糊涂一大聪，
再勿上当来车夜水勒乘风凉！

（合）——车车夜水来也风凉，
我里勿想短来也勿想长：
看你河里格来船去船都为仔名勒利，
为名为利还勿是梦一场？

注：①大小娘，女郎，未嫁者方能有此称。
②跑节场，赶集。
③黄泥膀，凡夫死不出嫁，守本性，而赘一后夫于其家者，曰招黄泥膀，膀，股，读上声。
④老看松，骂老人之词，其义不详。
⑤表将，婊子养的。
⑥弄别相，戏弄，别也作白。

劈风劈雨打熄仔我灯笼火（山歌，用江阴方言）

劈风劈雨打熄仔我格灯笼火，
我走过你门头躲一躲。
我也勿想你放脱仔棉条^①来开我，
只要看看你门缝里格灯光听你唱唱歌。

注：①放脱仔棉条，妇女纺纱，如有他事略停，则曰"放一放棉条来"。

隔壁阿姐你为啥面皮黄？ （山歌，用江阴方言）

"我说隔壁阿姐你为啥面皮黄？"
"你阿姐勿晓得我一日到夜做纱忙。
我朝起起来黑隆隆里就要上工去，
夜里家来还要替别人家洗衣裳。"

"我说隔壁阿姐你为啥实梗忙？"
"你阿姐勿晓得我疯瘫格老子瞎眼格娘，
三个兄弟妹子才还勿曾满十岁，
一家六口要我一人当！"

"我说隔壁阿姐你为啥面皮红？"
"你阿姐勿晓得纱厂里格先生矮面孔！
他捞捞搭搭勿晓得要做啥，
我勿睬他来他就起哈哄！

"他起仔哈哄来要想停我格工，
停仔工来我一家六口只好吃西风！
我勿晓得为啥靠仔十只指头要无饭吃？
为啥来要碗饭吃就要矮面孔？"

只有狠心格老子无不狠心格娘（山歌，用江阴方言）

只有狠心格老子无不狠心格娘，
你看看东村头浪格李金郎，
金郎里娘儿俩吃仔朝顿无夜顿，
金郎里朝朝夜夜困勒酒缸浪^①！

只有狠心格老子无不狠心格娘，
你看看金根汝全一块红来一块，
他老子还"家有贤妻""家有贤妻"口口又声声！

只有狠心格老子无不狠心格娘，
你看看高和尚娘子泪汪汪：
高和尚格贼胚捏仔三只筲箕团团转，
和尚娘子无穿无吃有仔眼泪只好往肚里汪！
只有狠心格老子无不狠心格娘，
你看看桥头董事大先生：
大先生一拳一脚打得妻儿男女号啕哭，
只为仔一个盘缸走索格贱花娘^②！

注：①浪，上。
②盘缸走索贱花娘，乡间董事，每喜纳外来之卖技女子（盘缸走索者）为妾，颇有因此丧家者。

一网重来一网轻（山歌，用江阴方言）

一网重来一网轻，
一网里鲜鱼十八斤。
一网里空来鲂鲏①垃圾也无不，
只有空网里落水泠泠泠。

一网重来一网轻，
一网里鲜鱼十八斤。
魚娘来仔末魚儿苦，
鱼儿来仔来魚娘也伤心！

一网重来一网轻，
一网里鲜鱼十八斤。
捉着仔鲜鱼才能有饭吃，
望你再来一网格鲜鱼十八斤！

一网重来一网轻，
一网里鲜鱼十八斤。
姜太公直钩子钓鱼勿遇文王末要饿杀，
还有吕洞宾吃酒吃肉做仙人②！

注：①鲂鲏，一种肉薄儿而无味的小鱼。
②这里指吕洞宾三醉岳阳楼及三戏白牡丹的事。

摇一程来撑一程（山歌，用江阴方言）

摇一程来撑一程，
碰到仔顶风顶水还要拉一程。
"我说阿银哥来你看来船头浪格的哪个？"
"啊！原来是吃白酒格朋友小汝生。"

"我说汝生哥来你今朝哪里来？"
"我末无锡缸尖子让送仔客人来。
我末要送客人上杭州去，
要到仔十二月初头才转来。"

"我说小汝生来你橹前舵来橹前舵！
你落脱仔你狗魂来无耳朵！
你落脱仔你狗魂昏头昏脑要作死！
你今朝又哪里去白吃着仔两斤老白酒！

"我说汝生哥来我里船头浪相骂来船艄浪讲话，
我请你带个口信和我里娘子说一说：
你说王贵甲长格一千铜钱末快点想法还本利，
你说典当里格棉袄棉被末等我转来仔赎！"

"我说汝生哥来汝生哥来，
你年纪轻轻总要少吃酒来少糊涂。

　　　　我谢谢你记^①个口信千定^②要带到，
　　　　我转来仔请你吃开素火肉搭搭老白酒！"

注：①记，此。
　　②千定，千万。

人比人来比杀人（山歌，用江阴方言）

人比人来比杀人！
人比人来比杀人！
你里财主人吃饱仔末肚皮浪弹上去像个
三白①西瓜咚咚响，
我里穷人饿仔要死仔末只好穷思极想
把裤带来束束紧！

人比人来比杀人！
人比人来比杀人！
你里财主人仔羊皮狗皮热得鼻头管里出起血
来来还可以请个郎中来吃贴清凉药，
我里穷人冻仔要死末只好躲勒门
角落里破席片里破棉絮里吖大阿二阿三阿四阿大
里娘来阿大里老子大家轧轧紧！

人比人来比杀人！
人比人来比杀人！
你里财主人闲空得生起懒黄病②来还有铜
钱买点犁头吃，
我里穷人吃力仔要死来只好送把阎王伯伯
当点心！

人比人来比杀人！
人比人来比杀人！
你里财主人家里养鸡养鸭养猪养狗末都
还要把白米喂，
我里穷人家里糠也无不一把末只好卖男
卖女卖夫卖妻卖公卖婆一起卖干净！

人比人来比杀人！
人比人来比杀人！
你里财主人死仔末还好整千整万带到棺
材里去开三十六片钱庄七十二片典当，
我里穷人死仔无不私佣③送把阎王小鬼末
只好自家爬到热油锅里去必律剥落寻开心！

注：①三白，西瓜之最佳者。言皮白、肉白、子白。
②懒黄病，俗称黄病为懒黄病，患此病者每取犁头旧铁，碾为
细末，和酒饮之，其方甚验。
③私佣，贿赂。

你叫王三妹来我叫张二郎（山歌，用江阴方言）

你叫王三妹来我叫张二郎
你住勒村底里来我住勒村头浪。
你家里满数格桃花我抬头就看得见，
我还看见你洗干净格衣裳晾勒竹竿浪。

姐儿姐儿十指尖（山歌，用江阴方言）

姐儿姐儿十指尖，
尖尖楚楚数铜钱。
你扳仔指头数一数一年共总有多少日？
多少日苦来多少日甜？

姐儿姐儿十指尖，
尖尖楚楚数铜钱。
我一五一十数得一年共有三百六十日，
一半苦来一半甜。

一半苦来一半甜
哪里一半苦来哪里一半甜？
睏着格一半甜来醒格一半苦，
要勿苦来泥团里一瞑睏千年！

五六月里天气热旺旺（山歌，用江阴方言）

五六月里天气热旺旺，
忙完仔勺麦又是莳秧忙。
我莳秧勺麦无不你送饭送汤苦，
你田岸浪一代一代跑跑跑得脚底乙烫？

亮月弯弯照九州 （山歌，用江阴方言）

亮月弯弯照九州，
九州之外还有第十州。
黄牛水牛你听我说：
我姓吴来姐姓周。

亮月弯弯照世人，
一人肚里一条心。
黄牛水牛你听我说：
我格心来就是姐格心。

亮月弯弯照八方，
一方成熟一方荒。
黄牛水牛你听我说：
我情愿姐田里熟来我自家田里荒。

亮月弯弯照仔姐儿家，
我勿晓得姐儿勒浪①家里做点啥？
黄牛水牛请你搭搭角，
把我驮过去仔千山万海去望她。

注：①勒浪，在。

河边浪阿姐你洗格啥衣裳？ （山歌，用江阴方言）

河边浪阿姐你洗格啥衣裳？
你一泊一泊泊出情波万丈长。
我隔仔绿沉沉格杨柳听你一记一记^①捣
一记一记一起捣勒笃我心浪。

注：①一记一记，一下一下。
②勒笃，在。

你乙看见水里格游鱼（山歌，用江阴方言）

你乙看见水里格游鱼对挨着对？
你乙看见你头浪格杨柳头并着头？
你乙看见水里格影子孤零零？
你乙看见水浪圈圈一晃一晃晃成两个人？

小小里横河一条带（山歌，用江阴方言）

小小里横河一条带，
河过边小小里青山一字排。
我牛背上清清楚楚看见山坳里，
竹篱笆里就是她家格小屋两三间。

手攀杨柳望情哥（节选）

第一歌

结识私情隔条河，
手攀杨柳望情哥。
娘问女儿："你勒浪望啥个？"
"我望水面浪穿条能梗多！"

第二歌

栀子花开十六瓣，
洋纱厂里姐儿拎只讨饭篮！
情阿哥哥问我"吃格啥个菜？"
"我末吃格油氽黄豆茶淘饭。"

第三歌

山歌勿唱忘记多，
官堂大路勿走草满窠，
快刀勿用双芒锈，
私情勿做两荒疏。

说荒疏来说荒疏，

荒疏坡里两条河：
一条河里装柴米，
一条河里唱山歌。

第四歌

郎关姐来姐关郎，
钥匙关锁锁关簧。
钥匙常关三簧六叶襄阳锁，
姐儿常关我情郎。

第五歌

隔河望见野花红，
想要拗花路不通。
等到路通花要谢，苗篮里打水一场空。

第六歌

姐勒窗下洗衣裳，
云遮月暗路难行。
远望高楼一灯火，
轻轻咳嗽两三声。

第七歌

情哥郎你要出香房，
眼泪汪汪落胸膛。
我郎好像线鹞子快快去，

勿知落勒啥村方。

第八歌

山歌越唱越好听，
诗书越读越聪明。
老酒越沉越好吃，
私情越做越恩情。

第九歌

山歌越唱越新鲜，
柿子经霜蜜能甜。
甜菜经霜红苗嫩，
小姐经郎转少年。

第十歌

十八岁姐儿结识十六岁格郎，
对门姐儿来抢行：
"你有郎勿晓得我无郎苦，
大熟年成也有隔壁荒。"

第十一歌

摇一橹来拉一蓬，
追着你前船一同行。
你前船装格孟姜女，
我后船就是范喜梁。

第十二歌

受捏橹索三条弯，
好一朵鲜花在河滩。
"摇船阿哥可要采朵鲜花去？"
"采花容易歇船难。"

第十三歌

山歌好唱口难开，
樱桃好吃树难栽。
白米饭好吃田难种，
鲜鱼汤好吃网难抬。

小诗二首记老友申无量语

一

我竟再也找不出这样的一个人，
我就不得不付之于冥空的理想了。
冥空的理想足以陷我于"徒自苦"，
但若随便找个人来我就更苦了。

二

她黯然的向我说：
"当初我爱你，你没法儿爱我；
现在你爱我，天啊！我又没法儿爱你。"
我相信我俩的没法都是真没法，
我俩就把这事付之于伤心的一叹吧。

猫与狗

猫与狗相打。猫打败了，逃到了树顶上，呼呼的向下怒骂。狗追到树下，两脚抓爬着树根，向上不住的咆哮。

猫说："你狠！我让你。到你咆哮死了，我下来吃你的肉。"

狗说："你能上树，我抓不到你。到你在树上饿死了跌下来，我吃你的肉。"

一阵冷风吹来，树打了个寒噤，摇头叹气的说："不幸的是我，我处于他们的永远的争持的中间了。但幸运的也是我，我可以可怜他们啊！到他们都死了，我冬天落下些叶子，遮盖他们的尸身；春天招些小鸟来，娱乐他们的灵魂。"

1920 年 4 月于伦敦

血

耶稣钉死了，他的血，就和两个强盗的血，同在一块土上相见了。于是强盗的血说："同伴，为什么人们称你为神圣的血？"耶稣的血说："这是谁都知道的：我的主，替人们牺牲了。""那么我们的主呢？""你们的主，可是被人们牺牲了！"

1920 年 4 月于伦敦

案 头

　　案头有些什么？一方白布，一座白磁观音，一盆青青的小麦芽，一盏电灯。灯光照着观音的脸，却被麦芽挡住了，看它不清。

1917 年 12 月于北京

无 聊

　　阴沉沉的天气，里面一坐小院子里，杨花飞得满天，榆钱落得满地。外面那大院子里，却开着一棚紫藤花。花中有来来往往的蜜蜂，有飞鸣上下的小鸟，有个小铜铃，系在藤上。春风徐徐吹来，铜铃叮叮当当，响个不止。

　　花要谢了；嫩紫色的花瓣，微风飘细雨似的，一阵阵落下。

1918 年 5 月 5 日于北京

晓

火车——永远是这么快——向前飞进。

天色渐渐的亮了；不觉得长夜已过，只觉车中的灯，一点点的暗下来。

车窗外面——

起初是昏沉沉一片黑，慢慢露出微光，露出鱼肚白的天，露出紫色，红色，金色的霞采。

是天上疏疏密密的云？是地上的池沼？丘陵？草木？是流霞？辨别不出。

太阳的光线，一丝丝透出来，照见一片平原，罩着层白蒙蒙的薄雾。雾中隐隐约约，有几墩绿油油的矮树。雾顶上，托着些淡淡的远山。几处炊烟，在山坳里徐徐动荡。

这样的景色，是我生平第一次见到。

晓风轻轻吹来，很凉快，很清洁，叫我不甘心睡。

回看车中，大家东横西倒，鼾声呼呼，现出那干——枯——黄——白——很可怜的脸色！

只有一个三岁的女孩，躺在我手臂上，笑弥弥的，两颊像苹果，映着朝阳。

1918 年 7 月 10 日于沪宁车中

大 风

　　我去年秋季到京，觉得北方的大风，实在可怕，想做首大风诗，做了又改，改了又做，只是做不成功。直到今年秋季，大风又刮得厉害了，才写定这四十多个字。一首小诗，竟是做了一年了！

呼啦！呼啦！
好大的风。
你年年是这样的刮，也有些疲倦么？
呼啦！呼啦！
便算是谁也不能抵抗你，你还有什么趣味呢？
呼啦！呼啦……

1918 年

卖　菜

　　种菜的进城卖菜。他挑着满满的两篮，绿油油的叶，带着晶亮的露珠，穿街过巷的高声叫卖。

　　不幸城里人吃肉的多，吃菜的少，他尽管是一声声的高呼，可还是卖不了多少。

　　他卖菜卖了多年了，这点儿难道不知道！无如他既做了卖菜的，就使没有人要买，他还得要穿街过巷的高声叫卖。

1919 年 10 月于北京

老 牛

秧田岸上，有一只老牛戽水，一连戽了多天。酷热的太阳，直射在它背上。淋淋的汗，把它满身的毛，浸成毡也似的一片。它虽然极疲乏，却还不肯休息。树阴里坐着一只小狗，很凉快，很清闲，摇着它的小耳朵，用清脆的声音向牛说："笨牛！你天天的绕着圈子乱走，何尝向前一步？不要说你走得吃力，我看也看厌了！"牛说："我不管得我自己能不能向前，也管不得你看厌不看厌，只要我车下的水，平稳流动，浸润着我一片可爱的秧田。"狗说："到秧田成熟了，你早就跑死了！"牛说："这件事，我从来没有功夫想到……"

1919 年

饿

他饿了；他静悄悄的立在门口；他也不想什么，只是没精没采，把一个指头放在口中咬。

他看见门对面的荒场上，正聚集着许多小孩，唱歌的唱歌，捉迷藏的捉迷藏。

他想：我也何妨去？但是，我总觉得没有气力，我便坐在门槛上看看吧。

他眼看着地上的人影，渐渐的变长；他眼看着太阳的光，渐渐的变暗。"妈妈说的，这是太阳要回去睡觉了。"

他看见许多人家的烟囱，都在那里出烟；他看见天上一群群的黑鸦，咿咿呀呀的叫着，向远远的一座破塔上飞去。他说："你们都回去睡觉了么？你们都吃饱了晚饭了么？"

他远望着夕阳中的那座破塔，尖头上生长着几株小树，许多枯草。他想着人家告诉他：那座破塔里，有一条"斗大的头的蛇！"他说："哦！怕啊！"

他回进门去，看见他妈妈，正在屋后小园中洗衣服——是洗人家的衣服——一只脚摇着摇篮；摇篮里的小弟弟，却还不住的啼哭。他又恐怕他妈妈，向他垂着眼泪说，"大郎！你又来了！"他就一响也不响，重新跑了出来！

他爸爸是出去的了，他却不敢在空屋子里坐；他觉得黑沉沉的屋角里，闪动着一双睁圆的眼睛——不是别人的，恰恰是他爸爸的眼睛！

他一响也不响，重新跑了出来——仍旧是没精没采的，咬着一个小指头；仍旧是没精没采，在门槛上坐着。

他真饿了——饿得他的呼吸，也不平均了；饿得他全身的筋肉，辣辣的发抖！可是他并不啼哭，只在他直光的大眼眶里，微微有些泪痕！因为他是有过经验的了——他啼哭过好多次，却还总得要等，要等他爸爸买米回来！

他想爸爸真好啊！他天天买米给我们吃。但是一转身，他又想着了——他想着他爸爸，有一双睁圆的眼睛！

他想到每吃饭时，他吃了一半碗，想再添些，他爸爸便睁圆了眼睛说："小孩子不知道'饱足'，还要多吃！留些明天吃吃吧！"他妈妈总是垂着眼泪说，"你便少喝一'开'酒，让他多吃一口吧！再不然，便譬如是我——我多吃了一口！"他爸爸不说什么，却睁圆着一双眼睛！

他也不懂得爸爸的眼睛，为什么要睁圆着，他也不懂得妈妈的眼泪，为什么要垂下。但是，他就此不再吃了，他就悄悄的走开了！

他还常常想着他姑妈——"啊！——好久了！妈妈说，是三年了！"三年前，他姑母来时，带来两条咸鱼，一方咸肉。他姑母不久就去了，他却天天想着她。他还记得有一条咸鱼，挂在窗口，直挂到过年！

他常常问他的妈妈，"姑母呢！我的好姑母，为什么不来？"他妈妈说，"她住得远咧——有五十里路，走要走一天！"

是呀，他天天是同样的想，——他想着他妈妈，想着他爸爸，想着他摇篮里的弟弟，想着他姑母。他还想着那破塔中的一条蛇，他说："它的头有斗一样大，不知道他两只眼睛，有多少大？"

他咬着指头，想着想着，直想到天黑。他心中想的，是天天一样，他眼中看见的，也是天天一样。

他又听见一声听惯的"哇……呜……"，他又看见那卖豆腐花的，把担子歇在对面的荒场上。孩子们都不游戏了，都围起那担子来，捧着小碗吃。

他也问过妈妈，"我们为什么不吃豆腐花？"妈妈说，"他们是吃了就不再吃晚饭的了！"他想，他们真可怜啊！只吃那一小碗东西，不饿的么？但是他很奇怪，他们为什么不饿？同时担子上的小火炉，煎着酱油，把香风一阵阵送来，叫他分外的饿了！

天渐渐的暗了，他又看见五个看惯的木匠，依旧是背着斧头锯子，抽着黄烟走过。那个年纪最大的——他知道他名叫"老娘舅"——依旧是喝得满面通红，一跛一跛的走；一只手里，还提着半瓶黄酒。

他看着看着，直看到远处的破塔，已渐渐的看不见了；那荒场上的豆腐花担子，也挑着走了。他于是和天天一样，看见那边街头上，来了四个兵，都穿着红边马褂：两个拿着军棍，两个打着灯。后面是一个骑马的兵官，戴着圆圆的眼镜。

荒场上的小孩，远远的看见兵来，都说"夜了"！一下子就不见了！街头躺着一只黑狗，却跳了起来，紧跟着兵官的马脚，汪汪的噪！

他也说，"夜了夜了！爸爸还不回来，我可要进去了！"他正要掩门，又看见一个女人，手里提着几条鱼，从他面前走过。他掩上了门，在微光中摸索着说，"这是什么人家的小孩的姑母啊！"

1920 年 6 月 20 日于伦敦

雨[1]

　　妈！我今天要睡了——要靠着我的妈早些睡了。听！后面草地上，更没有半点声音；是我的小朋友们，都靠着他们的妈早些去睡了。

　　听！后面草地上，更没有半点声音；只是墨也似的黑！只是墨也似的黑！怕啊！野狗野猫在远远地叫，可不要来啊！只是那叮叮咚咚的雨，为什么还在那里叮叮咚咚的响？

　　妈！我要睡了！那不怕野狗野猫的雨，还在墨黑的草地上，叮叮咚咚地响。它为什么不回去呢？它为什么不靠着它的妈，早些睡呢？

　　妈！你为什么笑？你说它没有家么——昨天不下雨的时候，草地上全是月光，它到哪里去了呢？你说它没有妈么——不是你前天说，天上的黑云，便是它的妈么？

　　妈！我要睡了！你就关上了窗，不要让雨来打湿了我们的床。你就把我的小雨衣借给雨，不要让雨打湿了雨的衣裳。

注：①这全是小蕙的话，我不过替她做个速记，替她连串一下便了；小蕙，刘半农先生之女刘小蕙。

1920 年 8 月 6 日于伦敦

静

心底里迸裂出来的声音，在小屋中激荡了一回，也就静了。

静了！鼠眼在冷梁上悄悄的闪，石油在小灯里慢慢的燃。

他俩也不觉得眼睛红，他俩早陪了十多天的夜了。他俩已经麻木，不再觉得两边肋胁下一丝丝的噙着痛了。

沉寂的午夜，还是昨天午夜般的沉寂。

只更静，静的听得见屋顶里落下来的尘埃灰屑。

他忽然爆发似的说："'黄叶不落青叶落！'去年先去了他的妻，今年他也去了。要去的去不了，不能去的可去了！"

她不响。灯光在她老眼中，金花似的舞；她眼前是黑雾般的一片模糊。

她对着床上躺着的看！看！看……她想：他真的去了么？不还在屋中？耳朵里不分明还是他的呻吟？他的呼痛？……

他身上盖的被，怎？……不还是浪纹般的颤动？……

她回想到三十年前，这拳大的一个血泡儿，她怎样的捧！是！只是三十年，很近！他两点漆黑的小眼，她还记得很清。

静！什么地方的野狗，一声——两声……

鸟醒了，灯淡了，纸窗上的黎明，又幽幽的来了。

"怎么好？……只是二十多天的病，真的是梦也没做到！"

"他呢，完了！我们呢，也快了！只还留下个小的，不也就完了！"

静！纸窗上的黎明，幽幽淡淡的黎明……

乌沉沉的晨风，昨天般的吹来。近地处几片纸灰，打了个小旋儿，便轻轻的飘散。

小巷中卖菜的声音，随着血红的朝阳，把睡着的一齐催醒。

破絮中的小的，也翻了个身，张开眼睛问："公！婆！爸爸的病，想是轻了；他已不像昨天般的呻吟了！"

"……"

白发，白须，人面，纸灰，一般的白。阶前慢慢的走着日影，颊上慢慢的流着泪珠，一般的静，静……

1920 年 8 月 16 日于伦敦

柏 林

大战过去了，
我看见的是不出烟的烟囱，
我看见的是赤脚的孩儿满街走！

去年到德国，火车开进德境，满眼都是烟囱，可以看出当初工业之盛；但现在是十个里九个没有烟了。到柏林，看见无数的赤脚小孩，这分明是买不起鞋（因为战前不这样）。但是做父母的说，这样很合卫生。医生也说，这样很合卫生！

在柏林住了三个多月，昏沉烦闷，没有什么可写。只这一些，是初到时脑中得到的一个最新鲜的印象，也是离德以后，脑中还刻的最深的一个印象，所以现在过了近一年，还把它补记出来。虽只有二十九个字，我却以为可以抵得一篇游记了。

1923年6月2日于巴黎

劫

  街旁边什么人家的顽皮孩子，将几朵不知名的，白色的鲜花扯碎了，一瓣瓣的抛弃在地上。

  风吹过来，还微微的飘起她劫后的香，可是一会儿洗街的水冲过来，她就和马粪混合了。

  这一天的温暖明亮的朝阳光，她竟不能享受了。麻雀儿在街上，照常的跳着叫着。她与他本是很好的朋友啊！但她已不能回头和他作别，只能一直的向那幽悄悄的阴沟口里钻去了。

1923 年 6 月 16 日于巴黎

巴黎的菜市上

巴黎的菜市上，活兔子养在小笼里，当头是成排的死兔子，倒挂在铁钩上。

死兔子倒挂在铁钩上，只是刚刚剥去了皮；声息已经没有了，腰间的肉，可还一丝丝的颤动着，但这已是它最后的痛苦了。

活兔子养在小笼里，黑间白的美毛，金红的小眼，看它抵着头吃草，侧着头偷看行人，只是个苶弱可欺的东西便了。它有没有痛苦呢？唉！我们啊，我们哪里能知道！

1923 年 6 月 23 日于巴黎

在墨蓝的海洋深处

　　在墨蓝的海洋深处，暗礁的底里，起了一些些的微波，我们永世也看不见。但若推算它的来因与去果，它可直远到世界的边际啊！

　　在星光死尽的夜，荒村破屋之中，有什么个人呜呜的哭着，我们也永世听不见。但若推算它的来因与去果，一颗颗的泪珠，都可挥洒到人间的边际啊！

　　他，或她，只偶然做了个悲哀的中点。这悲哀的来去聚散，都经过了，穿透了我的，你的，一切幸运者的，不幸运者的心，可是我们竟全然不知道！这若不是人间的耻辱么，可免不了是人间最大的伤心啊！

　　　　　　　　　　　　　　　　1923 年 7 月 4 日于巴黎

第二卷

翻译诗选

割爱六首

（爱尔兰）皮亚士

一

瞩尔玉体
美中之尤
惧短我气
急闭双眸

二

闻尔妙音
美中之美
我惧魂销
乃掩我耳

三

接尔双唇
甘美无伦
惧毁我事
强制我心

四

既闭我眸
又掩我耳
憝制此心
爱情以死

五

历彼幻蓼
弃之若遗
回首就道
勇进莫疑

六

我今去汝
瞻望前路
见义而为
觅我死处

此诗载"新青年"第 2 卷第 2 号。

绝命词两章

（爱尔兰）皮亚士

一

守钱吾非房
荣誉今亦毁
恩爱多酸辛
用随秋草萎

二

无钱遗家人
无名传青史
愿帝取我魂
移植后人体

此诗载"新青年"第 2 卷第 2 号。

缝衣曲

（英国）虎特

一

指痛无人知，目肿难为哭；
贫女手针缕，身上无完服。
一针复一针，将此救饥腹；
穷愁难自聊，姑唱"缝衣曲"。

二

"缝衣复缝衣，朝自鸡鸣起；
缝衣复缝衣，破屋星光里。
我闻突厥蛮，凶悍无人理；
岂我所缝衣，竟里耶稣体。

三

"缝衣复缝衣，脑晕徒自恼
缝衣复缝衣，遑恤双睛痛。
既纫袖上边，复合襟头绛；
倦极或停针，犹作缝衣梦。

四

“人亦有姊妹，更有母与妻；
乃取生人命，当作身上衣。
百我针线力，无补塞与饥；
值如自缝袭，庸裹贫女尸。

五

“胡为遽营死，死实实足畏；
支离数根骨，身与死魔类。
问何以致之，饮食难充胃；
血肉信当廉，面包信当贵。

六

“缝衣无已时，得值能有几？
衣食不周全，破屋聊蔽体。
结草以为床，椅案多窳圯；
多谢墙上影，终身一知己。

七

“缝衣复缝衣，此曲已疲咔；
缝衣复缝衣，狱犯有时纵。
既纫袖上边，复合襟头缝；
手脑多麻木，念此我心痛。

八

"缝衣复缝衣，冬日昼如晦；
缝衣复链衣，春色何娟媚！
双燕将育雏，檐下时襮背；
呢喃如责我，枉在春光内！

九

"出观莲香花，聊以娱我意；
上有蔚蓝天，下有碧草地。
明知欢不常，姑抑伤心泪；
抛却酸与辛，莫提饕飧事！

十

"欢娱诚不常，片刻亦欣恋；
希望与爱情，此生恐难见！
独念忧患多，小哭聊自喑；
又恶泪珠儿，湿却针与线！"

十一

指痛无人知，目肿难为哭；
贫女手针钱，身上无完服。
一针复一针，将以救饥腹；
宁望富贵人，听此"缝衣曲"。

此诗载"新青年"第 3 卷第 4 号。

无韵诗二章

（印度）泰戈尔

恶邮差

你为什么静悄悄的坐在那地板上，告诉我罢，好母亲？

雨从窗里打进来，打得你浑身湿了，你也不管。

你听见那钟声，已打四下幺？是哥哥放学回来的时候了。

究竟为着什么，你面貌这样稀奇？

是今天没有接到父亲的信幺？

我看见邮差的，他背了一袋信，运送给镇上人，人人都送到。

只有父亲的信，给他留去自己看了。我说那邮差，定是个恶人。

但是你不要为了这事不快乐，好母亲。

明天那边村上，是个集市的日子。你叫阿妈去买些纸和笔。

父亲写的信，我都能写的；你可一点错处也找不出。

我来从 A 写起，直写到 K。

但是，母亲，你为什么笑？

你不信我能写得和父亲一样好幺？

我能把我的纸，好好的打格子；所写的，尽是美丽的大字母。

我写完了，你以为我也和父亲一样蠢，把它投在
那可怕的邮差的袋里么？

我来自己送给你，免得等候；还指着一个个的字母，
帮你读。

我知道那邮差，不愿意把真真好的信送给你。

著作资格

你说父亲着好多书，但是他写些什么，我不懂。

他整黄昏的读给你听，你能当真说得出他的意思
来么？

母亲，你所讲的故事多好！为什么父亲不能写出
那样子的来呢，我奇怪？

是他从来没听见他母亲说过长人，仙子，公主们
的故事么？

是他一起忘了么？

他往往迟延着，不去洗澡，要你去叫他一百次。

你守他吃饭，不放饭菜冷，他只顾写着，竟忘记了。

父亲常是那么要着著书。

要是我难得到父亲房间里去耍耍，你来叫我了，"怎
么个顽皮孩子！"

要是我轻轻地做声一下，你说，"你不看见父亲
在那里做事么？"

常是这样写了又写，是什么个把戏呢？

有时我拿了父亲的笔或铅笔，像他一样，在他书
上写，—a，b，c，d，e，f，g，h，i，—你为什
么同我吵，母亲？父亲写，你始终没有说过一句话。

父亲费了这么许多堆的纸，母亲，你似乎全不在意。
要是我拿了一张，做一只船，你说，"小孩子，
你讨厌到怎么样了！"
父亲糟蹋了许多张许多张的纸，画得两面尽是墨
痕，
你以为怎么样？

以上两诗载《新青年》第 5 卷第 2 号。

海滨五首

（印度）泰戈尔

一

在无尽世界的海滨上，孩子们会集着。
无边际的天，静悄悄的在头顶上；不休止的水，
正是喧腾湍激。在这无尽世界的海滨上，孩子们
呼噪，跳舞，会集起来。

二

他们用沙造房子；用蛤壳玩耍；用枯叶做船，笑
弥弥的把它漂浮在大而且深的海里。在一切世界
的海滨上，小孩子自有他们的游戏。

三

他们不知道泅水；他们不知道撒网。采珠的没入
水中去采珠；做买卖的驾着大船；孩子们只是把
小石子聚集拢了，又把它撒开。他们不寻觅水底
的秘宝；他们不知道撒网。

四

海，带着一阵狂笑直竖赶来；海岸的微笑，闪作

灰白色，处分死命的波涛，唱没意义的俚曲给孩
子们听，竟像做母亲的，正在摇他摇篮里的宝宝。
海与孩子们游戏；海岸的微笑，闪作灰白色。

五

在无尽世界的海滨上，孩子们会集着。狂风急雨，
在未经人迹的天上狂吼；船泊，捣毁在未人迹的
水里；死，漫无限制；孩子们只是游戏。孩子们
的大会集，在无尽世界的海滨上。

以上五诗载《新青年》第 5 卷第 3 号。

同情二首

（印度）泰戈尔

一

假使我只是只小狗，不是你的宝宝，那么，好母亲，
我要吃你盘子里的食，你要说"不许"么？
你要把我赶去，向我说，"走开，你这讨厌的小狗"
么？
那么去，母亲，去了！你叫我，我决不再来了；
也决不再要你喂我了。

二

假使我只是只小小的绿鹦鹉，不是你的宝宝，好
母亲，你要把我锁起来，恐怕我飞去么？
你要摇着指头，向我说，"什么一个不知恩的无
赖鸟！整天整夜嚼着那链子"么？
那么去，母亲，去了！我就逃到树林里去，永远
不给你抱我在手中了。

以上两诗载《新青年》第5卷第3号。

村歌二首

　　（印度）奈都夫人

一

挈我满瓮，欲以致远，
道路幽且长，
唉，我何以惑听舟子之歌，
迟我行道？
暮影之降也甚速，
听之，唉，听之，白鹤鸣耶，
野枭唏耶？
柔和之月色，今不我照，
暗中如有毒蛇啮我，
或有恶鬼扑我，
Ram re ram !^①我其死乎。

二

想我兄弟，将喃喃自语，"彼胡为乎迟归？"
我母将迟我而哭，
曰，"愿诺大神，畀彼以不安，
约米那之水深也。"
约米那之水，冲流如此其急；
夜影四合，如此其浓，

　　有如群鸦集天。

　　唉！使有狂风大雨作，我所遭其何苦？

　　我其何处匿身以避电？

　　自非尔神济我足力，导我途径，

　　Ram re ram！我其死乎。

　　注：①" Ram re Ram"不知何解，疑是负水叫号声；或为神名，呼以乞佑。

　　以上两诗载《新青年》第 5 卷第 3 号。

倚楼三首

〔印度〕奈都夫人

一

我所爱，我将何以饲汝？
以金红色之蜜与果。
我所爱，我将何以悦汝？
以铙与琵琶之声。

二

我将何以饰汝髻？
以茉莉畦中之珠。
我将何以香汝指？
以基辣①与玫瑰之魂。

三

唉，至爱暆者，我将何以衣被汝？
以孔雀与鸽之色采。
唉，至忧暆者，我将何媚恋汝？
以爱情中愉美之沉默。

注：①基辣，花名。

海德辣跋市五首

（印度）奈都夫人

一

唉，尔生意人，尔何所卖？
尔所陈商品富也。
有朱银色之头巾，
有柴锦之裙，
有琥珀玻璃之镜子，
有青宝石柄之短剑。

二

唉，尔买卖人，尔何所秤？
是番红花，是扁豆与米。
唉，尔女郎，尔何所磨？
是檀香，是指甲花，是香料。
唉，尔负贩人，尔何所叫唤？
是棋子与象牙之骰子。

三

唉，尔金工，尔何所制造？
是镯与胫环与约指；

是青鸽足上所系铃,

轻如蜻蜓之翼,

是矛士所用之金带;

是国王所用之金鞘。

四

唉,尔卖果子者,尔何所呼?

是佛手,石榴,与梅子。

唉,尔乐工,尔何所奏弄?

是西打①,是撒兰琪②与鼓。

唉,尔弄魔术者,尔何所歌?

是招致伊翁之咒语。

五

唉,尔卖花女子,尔何所编制?

以彼淡青色与红色之花须?

是新郎额上所戴之花冕,

是饰其卧榻之小花环;

是新采白花所制裰,

用以馨香死者之长眠。

注: ①西打,希腊古乐器名,三角式,有七至十一弦。诗中所举,想另是一种印度乐器,因其形似,故借用其名。

②撒兰琪,弦乐器名,式与 Violin 相似。

以上五诗载《新青年》第 5 卷第 3 号。

狗

（俄国）屠格涅夫

我们俩在房间里，我的狗和我。外面是一阵可怕的狂风急雨咆哮着。

狗坐在我面前，直看着我的脸。

我呢，也看着它的脸。

它，似乎要告诉我些什么。它是哑的，它没有言语，它不懂得它自己——但是我懂得它。

我懂得这一刻，有同样的感觉，生存在它心中和我心中；我懂得我与它，没有什么差异。我们是同的；在我们体中，各有个颤动的火花，燃烤着，照耀着。

死，摇了一摇它那无情的阔翅，扫将下来。

就是尽头处了！

那么，谁能辨别得出，那在我们体中发光发热的火花是什么呢？

否！我们不是那种互相浮观的畜生和人。

那是常人的眼睛，是互相铰钉的眼睛。

在这种畜牲和人的身体里，各有同样的生命——是含着切近的，交互的恐慌。

以上一诗载《新青年》第5卷第3号。

访 员

〔俄国〕屠格涅夫

两个朋友，正是同桌喝茶。

忽然街上起了一阵吵乱，他们听见可怜的呼号声，

凶猛的凌辱声，一阵阵爆裂似的毒笑声。

一个朋友向窗外盟着说，"他们在那里打什么人了。"

那一个问，"是个罪犯？是个凶手？"我说，"无论他是什么，这非法的滥打，我们不答应的。我们去，加入他一面。"

"但是他们所打的，不是个凶手。"

"不是个凶手？那么是个贼？这没有什么两样，我们还是去，把他从人丛中脱离出来。"

"也不是个贼。"

"不是个贼？那么，是个卷逃的司账，是个铁路管理员，

是个陆军订约人，是个俄国的美术收藏家，是个律师，是个保守党的记者，是个社会改革家？……无论如何，我们还是去救他！"

"不是……他们所打的，是个新闻访员。"

"是个访员？唉，我告诉你：我们先把茶杯喝干了再说。"

百年新诗百部典藏

编后记

编　者

　　诗集的编选以《刘半农诗选》（人民文学出版社，1953 年）为基础，同时参考了《胡适　刘半农　刘大白　沈尹默诗歌欣赏》（陈孝全　周绍增著，广西教育出版社，1989 年）、《半农诗歌集评》（书目文献出版社，1984 年）、《中国现代经典诗库》（中国社会科学院文学研究所现代文学研究室编，北岳文艺出版社，1996 年）、《扬鞭集》（刘半农著，中国文联出版社，1998 年）等与刘半农相关的多个版本的选本和书籍，并进行了校对与订正。在此一并感谢！

　　刘半农作为新文化运动先驱之一，曾得到胡适、鲁迅、钱玄同等人的高度评价。他提倡白话诗文，为文学革新的事业做出了积极贡献。为了全面展示刘半农的创作历程，以及他在留学期间所受到的文化熏陶之根源，特将本诗集分为自创诗歌与译诗两个部分。

　　由于视野、学识和资料所限，纰漏之处，在所难免，静候方家不吝赐教。

2019 年 2 月 21 日